LE TABAC

ou

LA TENTATION.

LE TABAC

ou

LA TENTATION,

Bluette antédiluvienne,

Par Vᵗᵉ F.

PARIS,

IMPRIMERIE ADMINISTRATIVE DE PAUL DUPONT ET Cⁱᵉ,
Rue de Grenelle-Saint-Honoré, 55.

1839.

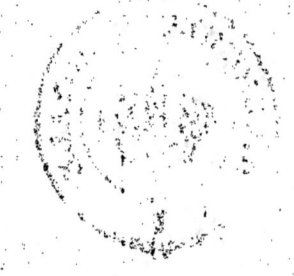

Epitre dédicatoire

A

MA MARCHANDE DE TABAC.

Que j'aime à respirer l'atmosphère embaumée
Du bouge où tu te tiens depuis plus de vingt ans,
    O toi, dont la main enfumée
M'a vendu tant de fois du tabac pour *six blancs!*

Oui, le profane seul peut devant ta boutique
Traîner le vain fardeau de son nez dédaigneux :
    Quiconque prise, fume ou chique
Aborde avec respect ton taudis ténébreux.

Tes yeux, quoique éraillés, quand vers toi je m'avance,
Savent me distinguer des communs acheteurs,
    Et j'ai cru voir qu'en ta balance
Tu négligeais pour moi de peser tes faveurs.

Je serais donc ingrat, vénérable marchande,
Si, pour payer les soins dont tu m'as su combler,
　　Je ne t'apportais pour offrande
Ces rimes qu'à la hâte on me laisse assembler.

Trop heureux, si chez toi jamais de mon ouvrage
Le destin ne ramène un beau jour les débris!
　　De tant d'auteurs c'est le partage
Que d'un sort si cruel je serais peu surpris.

Du moins, si de mon livre, à son heure dernière,
Le papier sous tes doigts devient cornet ou sac,
　　Jusqu'à la fin de sa carrière
Il aura pu servir la cause du tabac!

LE TABAC

ou

LA TENTATION,

Je chante le tabac et la triple méthode
Dont chacun peut user pour en prendre à sa mode,
Soit que, réduit en poudre, à quelque auteur nouveau
Il aille chatouiller les fibres du cerveau,
Ou, selon le caprice, excellent stomachique,
Qu'il embaume un palais du parfum de la chique,
Soit enfin qu'au milieu des chansons et des ris
D'une obscure taverne il bronze les lambris,
Lorsqu'il s'échappe en l'air en nuages bizarres
Du modeste tuyau des bachiques cigares.

Priseurs, fumeurs, chiqueurs, soyez mes Apollons :
Le tabac ne croît point dans les sacrés vallons ;
C'est donc à vous, pourvu que je vous divertisse,
De m'en récompenser par un : Dieu vous bénisse !

Le monde était créé : les mains dans ses goussets,
Le bon Dieu promenait ses regards satisfaits.

Le soleil tout le jour parcourait sa carrière,
Et la lune, la nuit, servait de réverbère.
Les tigres et les loups, fiers d'être en Paradis,
Laissaient bondir en paix l'innocente brebis,
Et le premier mari, couché sur la pelouse,
S'endormait sans rêver près de sa belle épouse.

On t'avait oublié dans la création,
Amour! toi seul causas notre damnation.
Si son cœur eût brûlé pour le premier des hommes,
Ève n'eût pas été si friande de pommes.
Ah! ne regrettons pas cette uniformité
De plaisirs éternels vides de volupté,
Monotone bonheur peu fait pour nous distraire!
Adam eût-il péché, s'il avait pu mieux faire?

L'aîné de nos aïeux admirait tour à tour
Les diverses beautés de son joli séjour;
Animaux, végétaux, tout s'offrait à sa vue,
Et, d'un air ébahi les passant en revue,
Il vous les baptisait chacun d'un nouveau nom
Triste ou gai, long ou bref, tendre ou dur, propre ou non.
Seul il se promenait. Il découvre une plante
A la feuille élargie, à la tige pliante;
Il la sent, il la touche, et ses esprits naissans
L'engagent à tâter d'un quatrième sens.....
Il y goûte..... ô saveur! ô phénomène unique!
C'est un échantillon du tabac d'Amérique,
Que Dieu dans son jardin avait mis tout exprès,
Et que Nicot trouva tant de siècles après.
Mais laissons le chiquer, et retournons voir Ève,

Qui vient de s'éveiller à la suite d'un rêve
Dans lequel le démon, qui voulait notre bien,
Avait fait ce discours un tant soit peu païen :

« Ma fille, le bonheur te conduit dans sa route ;
Mais le bonheur n'est rien tant qu'il nous reste un doute.
Dieu t'a dit : Jouissez des fruits de cet Éden,
Parcourez en rentiers ce superbe jardin,
Rompez, cassez, brisez ; ma volonté suprême
Est de ne point sévir : voyez si je vous aime !
Cependant je vous veux imposer quelques loix :
Libre à vous de manger mes poires et mes noix,
De goûter mes marrons, de casser mes amandes,
De dépouiller de fleurs toutes mes plates-bandes.
Mais au jardin anglais il est certain pommier
Que dans mon Paradis je plantai le premier
J'y tiens ! et, si jamais vous me volez des pommes,
Vous verrez ce qu'on souffre à mettre au jour des hommes !
Plus tard, recevez-en ma parole d'honneur,
Aux tourmens de la couche ajoutant au docteur,
Des scalpels, des forceps, même une sage-femme
A vos filles un jour je ferai rendre l'ame !
Oui, vous et votre Adam, si vous aimez le fruit,
A la porte d'ici serez mis cette nuit,
Et tous deux tristement vous gratterez la terre
Pour soutenir des jours filés par la misère !

Ève, continua le diable en son discours,
Ton créateur s'amuse à te jouer des tours.
Cet arbre qu'il proscrit s'appelle ARBRE DE VIE.
Une seule reinette à ses branches ravie

Vous ferait en pouvoir égaler le bon Dieu,
Qui veut seul en bourgeois gouverner en ce lieu.
Comme lui, possédant la force et la science,
Ton homme et toi pourriez, pour votre récompense,
Sondant de l'avenir les replis ténébreux,
Prévoir ce qui pourrait vous rendre plus heureux.
De ce larcin adroit tu sens tout l'avantage :
Adieu : je ne puis pas t'en dire davantage. »

Vous le savez, lecteur, la curiosité
Est un défaut de femme, et Dieu, dans sa bonté,
Toujours à la plus sage en octroie une dose
Qui fait que son esprit jamais ne se repose.
Un secret à savoir la prive de sommeil,
D'une couche de lis pâlit son teint vermeil ;
Il lui semble aussi dur de flairer un mystère
Que de le découvrir et de le pouvoir taire.

Au fond d'un bois épais, peuplé de mille oiseaux,
L'arbre de vie au loin étendait ses rameaux,
Qui, courbés sous les fruits, et tombant jusqu'à terre,
Invitaient le gourmand à leur faire la guerre.
Pour jouir de son tour, le diable cependant
S'était mis sur le corps une peau de serpent,
Et, caché sous les fruits, grace à son uniforme,
Incognito dressait une crête difforme.

Ève approche, et d'un œil timide et curieux
Admire en soupirant l'arbre mystérieux,
Et puis en fait le tour, et puis s'arrête encore,

Lançant sur chaque pomme un regard qui dévore.
Mais son maître!... Il s'en est réservé l'usufruit!
Elle s'éloigne enfin ; le désir la poursuit.
Lentement elle marche, et son ame inquiète
Vingt fois dans son chemin lui fait tourner la tête.
Le diable à tout cela s'était bien attendu :
Il connaissait l'attrait qu'a le fruit défendu.

Elle revient bientôt, et sa main enhardie
A touché le pommier et sa tige arrondie.
Elle balance encor, quand le diable à l'instant
Souffle sur une pomme et se cache en sifflant.
La pomme va rouler aux pieds de la victime.
« Elle est tombée : on peut la ramasser sans crime, »
Se dit Ève, et sa main qu'anime le désir
Avant qu'elle s'arrête est prompte à la saisir.
Long-temps entre ses doigts la pomme est retournée ;
Mais, enfin, le soleil finissait sa tournée,
Et Satan avait pris la résolution
D'opérer ce jour-là notre damnation :
Notre aïeule se dresse, elle prête l'oreille,
Regarde si personne au loin ne la surveille,
Se cache en un buisson, se tourne, et lestement
Elle donne à la pomme un premier coup de dent.

Adam chique toujours, et, content de lui-même,
Il veut passer la chique à la femme qu'il aime.
Guidé par son envie et le père du mal,
Il dirige ses pas vers le pommier fatal.
Trois ou quatre trognons étendus sur la terre
Attestaient l'appétit qu'avait notre grand'mère,

Et son mari, jugeant l'énormité du cas,
La tança comme il suit, en se croisant les bras :

« Vous avez fait, madame, une belle équipée !
Par vous mon espérance est à jamais trompée ;
Adieu notre bonheur : je me lave les mains
Du destin qu'on réserve aux malheureux humains.
Lorsque l'on vous créa, ce ne fut pas ma faute :
Je dormais ; le bon Dieu put me prendre une côte ;
Mais vous ne dormiez pas, madame, je le crois,
En rongeant ces trognons que sur l'herbe je vois !
Tremblez, car au bourgeois je vais conter l'affaire !..... »

« Adam ! n'avez-vous rien de plus tendre à me faire ?
Reprit Ève ; mes yeux ont perdu leur bandeau ;
Pour la première fois vous me paraissez beau.
Sans doute qu'à ses yeux je serais bien plus belle
Si mon petit mari, sans conter la nouvelle,
D'un quartier de ce fruit appréciant le goût,
Poursuivait comme moi l'histoire jusqu'au bout. »

Époux, vous vous perdez par trop de complaisance
Pour vos femmes jamais n'avoir d'obéissance,
Si c'est blanc, dire noir : voilà le seul moyen
De tâter du ménage et de s'en trouver bien.

En mari qui sait vivre, et non par gourmandise,
De mordre dans la pomme Adam fit la sottise;
La faute qu'il commit sans indigestion

Damna tous les humains par procuration,
Responsabilité d'autant moins agréable
Que nous n'étions pas là pour dérouter le diable.

Mais convenez, lecteur, qu'on se romprait le cou
Lorsqu'on entend crier : six pommes pour un sou,
En pensant qu'un quartier de ce fruit indigeste
Sur le monde attira tous les fléaux : la peste,
La famine au teint blême et les tristes exploits
Que griffonne un huissier en noircissant ses doigts,
La guerre et ses horreurs, le vol, la maladie,
L'assassinat, que sais-je? O race abâtardie!
Se peut-il qu'à ce point ta dépravation
Sur les pommes ait mis la diminution!

Le tentateur alors, voyant l'affaire faite,
Se redressa sur l'arbre en agitant la tête.
Fier d'avoir réussi dès la première fois,
Il dit à nos époux, d'une ironique voix :

« Mes enfans, c'est fort bien. Il faut avec adresse
Cacher tous les trognons que votre hardiesse
Par mes sages conseils amenée en ce lieu
Cueillit sur le pommier que gardait le bon Dieu.
Maintenant que du vol les preuves sont cachées,
Qui pourra deviner les pommes arrachées?
Personne. Vous voyez que l'on peut quelquefois
Braver, en faisant mal, la vengeance des lois.
Mais ce n'est pas là tout : Adam, vous êtes homme :
Qu'enfin Ève par vous savoure une autre pomme.

L'herbe est molle et bientôt la nuit suivra le jour :
Mortels ! l'arbre de vie est un *pommier d'amour !* »

Moïse ! illustre auteur de l'antique Genèse,
Je voudrais ton burin pour graver plus à l'aise
L'érotique tableau de nos premiers aïeux
Échangeant un bonheur qu'ils ignoraient tous deux ;
Mais la Bible a ses droits, et l'hébreu seul peut rendre
Tout ce qui se passa dans un moment si tendre ;
Le français gâterait des détails aussi doux.
En voyant leurs transports, Satan était jaloux.
Adam, le cœur en proie à la reconnaissance,
Serrant Ève avec feu, vers le diable s'avance.
« Je n'ai rien, lui dit-il, qui vaille ton présent ;
Mais voici du tabac : chique, c'est amusant. »

L'ange déchu saisit la feuille avec sa patte.
O miracle nouveau ! sec comme une savate
Le tabac tombe à terre, en poudre tout réduit.
Pour toucher à Satan, il paraît qu'il en cuit ;
Mais lui : « Ramasse, ami, c'est une autre manière. »
Et soudain de son sac tirant sa tabatière,
« Prends, mon fils, lui dit-il ; c'est une invention
Qui doit servir un jour de récréation.
Sans désir, sans motif, sans émoi, sans surprise,
Les mortels quelque jour savoureront la prise ;
Dans une heure cent fois ce remède nouveau
A grand bruit leur fera décharger leur cerveau.
Mais j'entends retentir les pas de votre maître....
Ayez du front, surtout : moi, j'ai bien l'honneur d'être.... »
Il dit, et dans l'Enfer il s'enfuit en jurant.

Dieu s'approche du couple : « Adam, mon cher enfant,
Je te cherchais, dit-il ; ma tendresse inquiète
Allait, pour t'appeler, inventer la trompette.
Mais je te trouve enfin : ce pauvre Adam ! c'est lui !
A quoi donc as-tu pu t'amuser aujourd'hui ?
Tu ne me réponds rien ?... tu soupires !... tu pleures !...
Ah ! mes pommes !.. brigand ! tu m'as pris les meilleures !
Et moi qui viens savoir s'il a pu s'amuser !
Que me répondras-tu, traître, pour t'excuser ? »

Adam, sans dire mot, ouvrit sa tabatière,
Huma, sans se presser, une pincée entière
Du présent du démon, et vers Dieu l'avançant :
« En usez-vous ? » dit-il d'un air tout innocent.

A cette hypocrisie, à ce sang-froid infâme,
Dieu vit bien que le vice avait gagné cette ame,
Et, leur tournant le dos, il dit à Gabriel
De prendre son grand sabre et les chasser du ciel.
Adam, au désespoir de sa folle équipée,
De l'archange aperçoit la flamboyante épée,
Et, sans gronder sa femme, il prépare son sac
En tordant de fureur des feuilles de tabac.
« Partez, dit Gabriel ; dans l'Arabie heureuse
Rendez-vous, mes amis, l'existence joyeuse.
A la porte d'ici je me mets de planton :
Vous n'y rentrerez plus sans ma permission. »

Notre aïeul, cependant, par un hasard peu rare,
En tordant son tabac s'était fait un cigare.
Au glaive de l'archange il ose l'allumer,

En répondant : « Merci : là-bas je vais fumer. »
Mais Gabriel, choqué de cet excès d'audace,
Accueille ce propos en faisant la grimace :
« Tu veux fumer, dit-il, tu le feras long-temps !
Un destin plus cruel atteindra tes enfans :
Un jour sur le tabac mettant un monopole,
On ne pourra fumer ni chiquer sans contrôle ;
Les nez de tes enfans pour toi seront punis ;
Ils maudiront Adam et les Droits-Réunis !
Le rebut obligé de chaque tabagie
Sera le seul tabac fourni par la régie,
Et les lois t'atteindront, débitant aguerri,
Si tu vends du tabac qui ne soit pas pourri ! »

Ainsi dit Gabriel : la fureur qui l'emporte
Droit au nez des bannis lui fait pousser la porte,
Et Dieu, qui ne veut pas leur faire illusion,
A tonné..... Du roman c'est la conclusion.

Voilà mes chants finis : je rengaîne ma flûte.
De nos premiers parens j'ai déploré la chûte ;
De l'emploi du tabac j'ai dépeint les essais ;
J'ai fait parler le diable en assez bon français :
Puisqu'à bien j'ai conduit cette noble entreprise,
J'ai le droit, à mon tour, de m'offrir une prise.

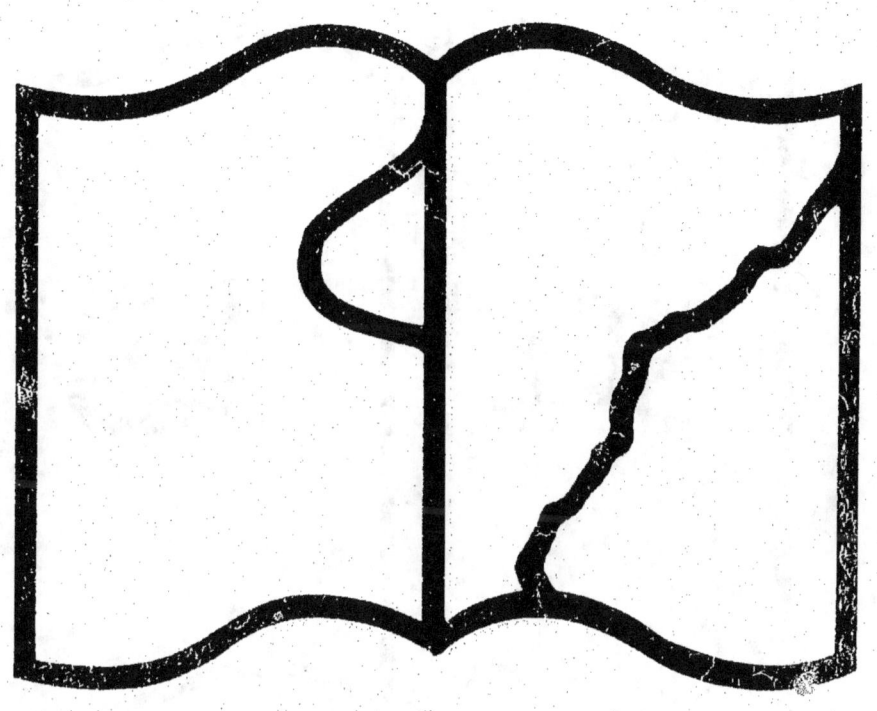

Texte détérioré — reliure défectueuse

NF Z 43-120-11

Contraste insuffisant

NF Z 43-120-14

www.ingramcontent.com/pod-product-compliance
Lightning Source LLC
Chambersburg PA
CBHW061430170626
46811CB00005B/2205